BALÉASAR;

TRAGEDIE.

BALÉASAR,

TRAGÉDIE,

Par M. H. F. PELLETIER.

Prix, 30 fols.

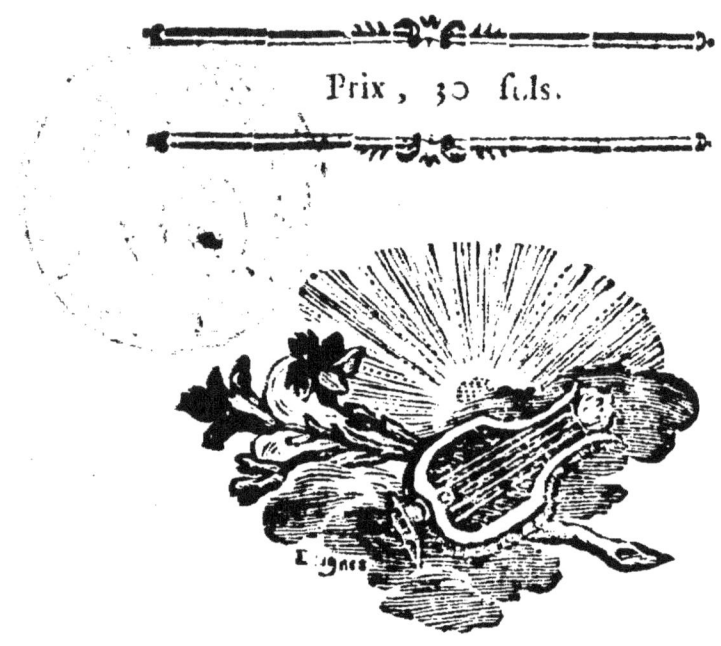

A PARIS,

Chez { La veuve DUCHESNE, Libraire, rue S. Jacques.
LE JAY, Libraire, rue S. Jacques.
EDME, Libraire, rue S. Jean-de-Beauvais.

M. DCC. LXXI.

Avec Approbation & Privilège du Roi.

ACTEURS.

PIGMALION, roi de Tyr.

ASTARBÉ, époufe du roi.

JOASAR, premier époux d'Aftarbé.

ALMASIE, fille d'Aftarbé & de Joafar, promife à Phadael.

PHADAEL, fils aîné de Pigmalion.

BALÉASAR, fecond fils de Pigmalion.

ORAD, capitaine des gardes de Pigmalion.

ERNÈS, confident de Phadael.

OFFICIERS.

GARDES.

PEUPLES.

La Scène eft à Tyr dans le palais du roi.

Cette marque — eft le figne des paufes.

BALÉASAR,
TRAGÉDIE.

ACTE I.

SCENE PREMIERE.

ALMASIE, *seule.*

ORIGUEURS! — O tourmens! — Quelle eſt
 ma deſtinée! —
À vivre dans les pleurs ſuis-je donc condamnée?—
Je ſai que j'aime en vain, que je n'ai plus d'eſpoir;
Combattre mon penchant; voilà mon ſeul devoir.
Que ſur mon foible cœur je prenne donc empire;
Que la raiſon renaiſſe & que l'amour expire.
Il faut ſavoir régler ſes inclinations;
Il faut ſavoir donner des fers aux paſſions. —
Que dis-je? — J'en frémis; je veux être infidèle;
Ma-raiſon ſe ſoumet & mon cœur ſe rebelle. —

A

Trop cruelle raifon n'éleve plus ta voix ;
On ne m'impofe pas de fi barbares loix.
Laiffe-moi le fardeau des tourmens que j'endure;
S'il faut en t'écoutant être ingrate & parjure:
Eft-il en mon pouvoir d'étouffer en ce jour
Un tendre fentiment, un innocent amour ;
La nature le donne, il eft donc légitime.
D'aimer Baléafar , grands dieux! feroit-ce un crime?
Non, prince vertueux, je me devois à toi,
Mon cœur s'eft expliqué, fon oracle eft ma loi. —
Pour avoir avant toi joui de la lumière,
Phadael a l'efpoir d'une belle carrière ;
Il doit monter un jour fur le trône des rois;
Mais ce grand avantage eft l'ouvrage des loix ;
Et de ce droit enfin la fortune éclatante
Au trône qu'il attend, ne joint pas ton amante. —
Mais on veut mon malheur: pour le rendre éternel
On pare de l'hymen le redoutable autel;
Déjà je fuis promife, & ma perte eft jurée,
Au prince que je hais, je vais être livrée,
Et l'on va m'arracher des aveux pleins d'horreurs.
Aftarbé vient à moi : je veux bannir les pleurs.

SCENE II.
ASTARBÉ, ALMASIE.

ASTARBÉ.

DE mes tourmens cruels cachant la violence,
J'ai fu jufqu'à ce jour obferver le filence,
Et renfermer en moi mes foucis, ma douleur.
Ma fille, il faut enfin vous déployer mon cœur;

Vous allez époufer l'héritier de l'empire,
Il eft tems, apprenez contre qui je confpire,
Quelle vengeance doit fans ceffe vous armer,
Quel courroux doit enfin toujours vous enflammer.
Ce n'eft pas fans effort fi, dans la Phénicie,
J'ai fu cacher toujours quelle eft notre patrie,
Que le fils d'un grand roi m'époufa dans Memphis,
Et que ton père étoit du fang de Bocoris.

ALMASIE.

Eh quoi ! j'appartiendrois à ce roi fanguinaire ?

ASTARBÉ.

Son frère infortuné fut mon époux, ton père.

ALMASIE.

Quoi donc ! auriez-vous pu fans peine confentir
A joindre vos deftins à ceux du roi de Tyr ,
Du roi Pigmalion , êtes-vous l'ennemie,
De Tyr où vous régnez ou de votre patrie !

ASTARBÉ.

Du cruel Bocoris j'ai voulu me venger ;
Ce puiffant intérêt a pu feul m'engager.
Je pourfuis un tyran qui détruit ma patrie,
Je la veux délivrer : fuis-je fon ennemie ? —
Ah ! ce fut à regret que j'acceptai la main
D'un prince fans vertu, foupçonneux, inhumain;
Sans fentimens, fans foi, fans bonté, fans juftice,
Qui fe livre fans honte à l'infame avarice;
Qui cherche à dépouiller les riches citoyens,
Et qui voudroit enfin poffèder tous les biens. —
Fléau de tes fujets, roi farouche & barbare,
Ce n'eft que de leurs maux que tu dois être avare;

A ij

BALÉASAR;

Déjà fur ton déclin ton regne eft confumé,
Et tu n'as pas connu le bonheur d'être aimé.
Tu vis caché, gardé par une armée entière;
Obtiens l'amour du peuple, il fera ta barrière.
Brife un fceptre de fer, qui ne plaît qu'aux tyrans;
Change, fois jufte & bon, fais chérir tes vieux ans;
Protège la vertu, fois l'ennemi du crime,
Et ne prends du pouvoir qu'une part légitime.
Qui chérit fes fujets, qui conferve leurs droits,
Qui met toute fa gloire à régner par les loix,
Affure de fes jours la paifible durée,
Voit fon trône affermi, fa perfonne adorée. —
Le lien malheureux qui m'unit à ce roi
Eft un tourment cruel, un fupplice pour moi.
Mais contre un ennemi je fatisfais ma haine,
Et c'eft pour me venger que je porte ma chaîne.
Je rends en ce pays Bocoris odieux,
Et nos ambaffadeurs, par mes foins, en tous lieux
Excitent contre lui le fléau de la guerre;
J'engage à le haïr tous les rois de la terre.

ALMASIE.

Je fais que la grandeur du fage Séfoftris
N'a pas été tranfmife à fon fils Bocoris,
Qu'il fuit en effréné fes penchans déteftables;
Qu'il gouverne en tyran; qu'il fait des miférables;
Quoiqu'indigne du trône, il foule aux pieds les loix,
Quoiqu'il foit le mépris des peuples & des rois;
Malgré qu'il couvre enfin fon règne d'infamie,
Comment avez-vous pu quitter votre patrie?

ASTARBÉ.

O tems affreux pour moi, fouvenir odieux,
Qui de larmes de fang as tant baigné mes yeux!

Quel terrible récit, ma fille, ai-je à te faire!
Frémis, tu vas favoir les malheurs de ta mère! —
Unie à Joafar à la fleur de mes ans
Un feu pur enflammoit nos cœurs encor naiffans;
Et nos jours fortunés fe paffoient dans les charmes,
Quand un tyran cruel nous plongea dans les larmes.
Bocoris enflammé d'un amour corrompu
Forma l'affreux projet d'attaquer ma vertu,
De me perdre. Aveuglé par une flamme impure,
Ce monftre n'eut pas peur d'outrager la nature,
D'infulter à fon fang qu'il devoit refpecter.
Mais lorfqu'à fes defirs il me vit réfifter,
Quand il fut fans efpoir, ce tyran fanguinaire
Ne penfa qu'à chercher un bourreau pour fon frère.
Mon amour découvrit ce barbare deffein,
Et je fus par mes dons arrêter l'affaffin.
Avec art je cachai le trouble de mon ame.
L'infâme Bocoris aveugle dans fa flamme,
Penfoit que j'écoutois fa lâche paffion,
J'ofois flatter l'objet de mon averfion.

ALMASIE.

Ah! pouviez-vous ainfi vous faire violence ?
Qui détefte le crime en doit fuir l'apparence.

ASTARBÉ.

Qui ne fait tout ofer ne fait pas triompher.
Je careffois ce monftre, & voulois l'étouffer.
Vois-le par mon adreffe approcher de l'abîme,
Faire choix d'une nuit pour confommer fon crime. —
Je lui laiffe marquer l'inftant de fon bonheur :
Je l'attends pour plonger le poignard dans fon cœur. —

Tu m'as donc aveuglée, ô vengeance infernale !
O nuit ! affreufe nuit que tu me fus fatale ! —
Une femme à ma cour brilloit par mes bienfaits,
Elle avoit le dépôt de mes plus grands fecrets ;
Ce cœur perfide, ingrat, fiège de l'artifice,
Avoit à Bocoris vendu fa bienfaitrice.
Il fut diffimuler fa rage & fon courroux ;
Et par une impofture abufant mon époux,
Il fut à fon palais l'engager à m'attendre,
A ce moment terrible où je devois m'y rendre.
J'arrive à ce palais de carnage & d'horreur.
Dans les ardens tranfports d'une jufte fureur,
Je frappe & crois percer un tyran dé.eftable ;
Je poignarde le fein d'un objet adorable,
D'un époux fi chéri, l'idole de mon cœur,
Dont je croyois venger & l'amour & l'honneur.
Le cruel Bocoris à l'inftant fe préfente,
Il contemple ma main de fang encor fumante,
De ce fang le barbare abbreuve fa fureur,
Et pour me foudroyer éclaire mon erreur.
On me charge de fers, on m'accable d'outrage,
On m'accufe en tous lieux. Mais après cet orage
La vérité, bientôt éclaire les efprits,
Indigne le public, fouleve mes amis.
Ceux-ci font des efforts &, craignans pour ma vie,
Viennent brifer mes fers, me font fuir ma patrie ;
Enfin, d'un fort cruel fuivant la dure loi,
Pour adoucir mes maux je t'emmène avec moi.

A L M A S I E.

Ainfi couvert de fang, cet infortuné père,
N'a donc eu, près de lui, que fon barbare frère ?

Ces coups affreux, sans doute ont terminé ses jours?

ASTARBÉ.

On m'a caché son sort, je l'ignore toujours.

ALMASIE.

Si contre Bocoris la haine vous anime,
Les maux qu'il vous a faits la rendent légitime.

ASTARBÉ.

Avant que de t'unir au prince Phadael,
Je t'impose la loi de poursuivre un cruel,
Qui fut par ses forfaits le bourreau de ton père,
Et qui fut l'artisan du crime de ta mère.

ALMASIE.

Ah! madame, les maux que vous avez soufferts
M'éloignent de l'hymen, me font craindre ses fers.
Une fatalité contre nous déchaînée
Semble me préparer la même destinée.
Le prince Phadael, ainsi que Bocoris,
Au vice abandonné soulève les esprits;
Orgueilleux, emporté, mal-faisant, impudique,
Il n'a su mériter que la haine publique.
Les plus hautes vertus font que Baléasar
Est digne de son rang, comme fut Joasar.
Madame, on vous donna ce Joasar aimable —
Moi, plus infortunée — un Prince détestable...
Mon destin, je le sais, ne dépend pas de moi,
Quand vous l'ordonnerez je subirai la loi.

ASTARBÉ.

D'où naissent ces soupirs — Qui cause donc ces larmes? —
Tes pleurs parlent assez — Je connois tes allarmes —

A iv

Pourquoi m'as-tu caché les secrets de ton cœur?
O toi ! mon sang, ma vie, enfin mon seul bonheur ;
Pourrois-je donc avoir le barbare caprice
De forcer ton penchant, de faire ton supplice ? —
Phadael, selon toi, n'a pas l'art de charmer —
Son frère plus heureux...

ALMASIE.

Quoi — j'oserois...

ASTARBÉ.

L'aimer.

Ton trouble malgré toi m'instruit de sa victoire.
Pourquoi feindre? Ce choix n'offense pas ta gloire.
Ah! fui donc avec moi ces vains déguisemens,
Epanche dans mon sein tes secrets sentimens.
Se peut-il sous le ciel un charme plus suprême,
Que le plaisir d'ouvrir son cœur à ce qu'on aime!

ALMASIE.

Dans le trouble où je suis, madame, permettez
Que j'admire à vos pieds l'excès de vos bontés.
Ah! faites éclater vos droits, votre puissance;
Imposez-moi la loi d'un rigoureux silence;
Ce Phadael prétend à mon cœur, à ma main,
Mes refus armeroient son bras trop inhumain.
C'est un génie altier, barbare, sanguinaire,
Il feroit immoler son infortuné frère.
Pourrois-je sans frémir lui causer le trépas !
Enfin, je suis promise...

ASTARBÉ.

Oh! tu ne connois pas
Ce que peut opérer la politique sage,
Ni les ressorts puissans qu'on peut mettre en usage.

Connois-moi. Je faurai te préferver d'un fort
Qui feroit mille fois plus affreux que la mort. —
Bannis donc de ton cœur la crainte, les allarmes,
Va calmer tes efprits, & va fécher tes larmes.

SCENE III.

ASTARBÉ, *feule.*

GRANDS dieux, qui m'accablez! pouvez-vous donc
    goûter
Le barbare plaifir de me perfécuter? —
Dès qu'un tourment me fuit, j'en vois d'autres renaître.
Voyons Pigmalion — l'on vient — il va paroître.

SCENE IV.

PIGMALION, ASTARBÉ

PIGMALION.

UNISSONS-nous, madame, aux Tyriens charmés.
Les flambeaux de l'hymen par l'amour allumés,
Au fang des rois de Tyr vont unir Almafie.
Digne de captiver toute la Phénicie,
Elle a fu mériter les cœurs des citoyens;
Je vas m'attacher Tyr par ces heureux liens.

ASTARBÉ.

Seigneur, vous m'honorez, & ce grand hymenée
De ma fille pourroit combler la deftinée:
Mais au bonheur public j'immolerai le fien,
Si l'on peut opérer encor un plus grand bien.

L'état nous eſt plus cher que vos fils, que ma fille.
Les citoyens de Tyr, voilà notre famille.
Les princes ont leur loix, il en eſt pour tout rang,
Ils doivent préférer leur état à leur ſang.
Recherchez l'amitié des plus grandes puiſſances;
Par l'hymen de vos fils formez des alliances;
C'eſt un heureux moyen que vous n'employez pas:
Les chaînes de l'hymen uniſſent les états,
Changent les intérêts; éteignent les querelles;
Font ſuccéder la paix à des guerres cruelles.
Phadael, en ce jour doit immoler ſes feux,
C'eſt chez un roi puiſſant qu'il doit former des nœuds:
Qu'importe pour l'état qu'il goûte l'hymenée,
Si Tyr livrée aux pleurs n'eſt pas plus fortunée.

PIGMALION.

De vos ſages conſeils je connois tout le prix,
Mais je fais à quel point Phadael eſt épris :
Craignons de l'irriter : il commande l'armée,
Et déjà d'un héros il a la renommée.
Des bords du Nil fécond, les nombreux habitans
Au ſein de mes états enſanglantent nos champs.
Bocoris m'a déjà conquis une province,
Cet intrépide fils peut ſeul vaincre ce prince.

ASTARBÉ.

Je prétends le ſéduire & non pas l'irriter;
On peut à l'inconſtance avec art l'exciter.
Si ſon cœur eſt vaincu, s'il a rendu les armes
Aux attraits d'Almaſie, à quelques foibles charmes:
D'une rare beauté les appas enchanteurs
De ſon cœur enflammé deviendroient les vainqueurs.

Une jeune beauté par les graces formée,
Fille du roi de Cypre, à sa cour adorée,
Fait la gloire & l'espoir de ce prince puissant ;
Voilà le choix qu'il faut à votre illustre sang ;
Voilà ce qui feroit naître ici l'espérance.
Recherchez en secret cette grande alliance,
Envoyez Phadael voir cette belle cour,
Son cœur y changera. Ses yeux, à son retour,
Trouveront peu d'attraits dans la jeune Almasie ;
Elle ne sera plus le phénix de l'Asie.

PIGMALION.

Charmé de vos conseils je veux en profiter,
Secondez-moi, madame.

ASTARBÉ.

Oui, je veux mériter
Les éloges de Tyr, l'honneur de votre estime ;
Je prouverai du moins le zèle qui m'anime.

(*Elle sort.*)

SCENE V.

PIGMALION, ORAD.

ORAD.

SEIGNEUR, un étranger que l'on ne connoît pas
Jusques dans ce palais osoit porter ses pas ;
On vient de l'arrêter. Sa fière contenance
Semble annoncer l'orgueil d'une haute naissance.

PIGMALION.

Quoi! la peine de mort, n'a pu de mon palais
Bannir les inconnus, en défendre l'accès ! —

De cet audacieux différez le supplice,
Je veux l'interroger avant qu'on le puniſſe.

S C E N E VI.

PIGMALION, *ſeul.*

QUE pouvoit me vouloir ce malheureux mortel; —
Je ſuis haï du peuple, & le peuple eſt cruel: —
Voudroit-il contre moi faire éclater ſa haine.
Que s'en croire l'objet eſt une horrible peine! —
Peuple vindicatif! ſi j'ai pu quelquefois
Abuſer du pouvoir & mépriſer les loix;
Agité par la crainte & par la défiance
Les tourmens de mon ame aſſurent ta vengeance. —
Mais, Phadael paroît me chercher en ces lieux.

S C E N E VII.

PIGMALION, PHADAEL, ERNÈS.

PHADAEL.

SEIGNEUR, les ennemis ſont ſous nos murs.

PIGMALION.

　　　　　　　　　　Grands dieux!

PHADAEL.

La victoire eſt à nous; & l'armée ennemie
Se trouve maintenant par la nôtre inveſtie.
J'eſpère que bientôt, Bocoris, loin de Tyr
De ſa témérite pourra ſe repentir.
Tous nos guerriers ſont pleins d'ardeur & de courage,
Et ne reſpirent tous que ſang & que carnage.

Votre ordre eſt attendu pour marcher au combat.

PIGMALION.

J'ai remis en vos mains le ſalut de l'état,
Vous avez ſur l'armée un empire ſuprême,
Vous devez l'exercer. Donnez l'ordrevous-même,
Combattez Bocoris & revenez vainqueur :
J'aſpire à couronner votre haute valeur.

PHADAEL.

Vous pouvez aſſurer le bonheur de ma vie,
Uniſſez-moi, Seigneur, à la belle Almaſie.

PIGMALION.

Pour goûter de l'hymen les charmes, les bienfaits,
Attendez ſagement l'olivier de la paix :
L'amour eſt effrayé par le bruit de la guerre,
Allez punir l'orgueil d'un prince téméraire,
Partez. Je vais dans Tyr mettre la ſûreté.

(Il ſort.)

SCENE VIII.

PHADAEL, ERNÈS.

PHADAEL.

Il éloigne l'inſtant de ma félicité. —
Cher Ernès, je me ſens outré de jalouſie.
Je ne vois que froideurs dans le cœur d'Almaſie ; —
Pour mon frère ce cœur n'eſt pas auſſi glacé.
N'as-tu rien découvert ? Parle, ſuis-je offenſé ?

ERNÈS.

On vous trahit, feigneur.

PHADAEL

Couple ingrat qui m'offenfe !—
O ! defefpoir affreux ! — O ! forfaits ! — O ! vengeance !—
Dis-moi...

ERNÈS.

D'un lieu caché je les ai vu tous deux
S'entretenir enfemble, & parler de leurs feux.

PHADAEL.

Infenfé ! tu mourras. —

SCENE IX.

PHADAEL, ERNÈS, UN OFFICIER.

L'OFFICIER.

LE roi d'Egypte avance,
Seigneur, toute l'armée attend votre préfence.

PHADAEL.

Je vas dans ma fureur, au milieu des combats,
Faire éclater ma rage, & braver le trépas.

Fin du premier Acte.

ACTE II.

SCENE PREMIERE.

(On entend un bruit de guerre, & des fanfares.)

ALMASIE, *seule.*

O SUCCÈS qui me tue, affligeante victoire!
Ce Phadael superbe est donc couvert de gloire.
Quel triomphe pour lui ! quel supplice pour moi !
Ainsi que Bocoris je vais subir sa loi.
Victime des grandeurs, mortelle infortunée,
Je vais porter les fers d'un cruel hymenée. —

(On entend encore les fanfares.)

L'alègresse publique a rempli tous les cœurs,
Le peuple est dans la joie, & je verse des pleurs. —
O Tyr ! tu peux chanter ta délivrance heureuse,
Ton bonheur va causer mon infortune affreuse:—
Je vois Baléasar, son air sombre & pensif
Jette un trouble mortel dans mon esprit craintif.

SCENE II.

ALMASIE, BALÉASAR.

ALMASIE.

DE quel événement votre ame est-elle émue ?

BALÉASAR.

Je ne peux exprimer la douleur qui me tue.

Tout cède à Phadael par ſes heureux exploits;
Et ſa fortune enfin m'accable ſous ſon poids.
Ebloui par l'éclat d'une grande victoire,
Il me charge du ſoin de publier ſa gloire,
De ſonner ſon triomphe & de l'apprendre au roi.
J'en viens, je ſuis perdu.

ALMASIE.

Vous me glacez d'effroi;
Eh!quoi! Pigmalion...

BALÉASAR.

Cruelle erreur d'un père,
Il penſe me charmer quand il me déſeſpère.

ALMASIE.

Eh! quels ſont donc, ſeigneur, les tourmens rigoureux
Que nous prépare encor un deſtin malheureux ?

BALÉASAR.

Le roi fièr des ſuccès qui ſignalent nos armes
Veut que juſques au Nil nous portions les allarmes:
Il veut faire paſſer une armée en ces lieux,
Et veut que j'y commande. Un rival odieux
Va conduire vos pas au temple d'hymenée :
Hélas! vous y ſerez malgré vous enchaînée.

ALMASIE.

Malgré moi — ce barbare — ah! je fais le ſerment...

BALÉASAR.

Tout ſerment s'affoiblit lors de l'éloignement. —
Ah! ne refuſez pas la haute deſtinée
Que va vous procurer un ſi grand hymenée.

Pour

Pour un infortuné, pour de triſtes amours
Ne ſacrifiez pas le bonheur de vos jours.
Jouiſſez du beau ſort qu'à Tyr on vous prépare,
Profitez des faveurs : le ciel en eſt avare.
Oubliez un mortel à lui-même odieux,
Sur qui s'appeſantit la colère des dieux ;
Qui va dans les combats en ſervant ſa patrie
Etre débarraſſé du fardeau de la vie ;
Qui va d'un ſort cruel terminer les rigueurs,
Mériter votre éloge & peut-être vos pleurs.

A L M A S I E.

En vain vous déguiſez cette fureur guerrière,
Qui du ſang des mortels aime à baigner la terre. —
Allez, barbare chef d'illuſtres aſſaſſins,
Moiſſonnez des lauriers teints du ſang des humains,
Portez en tous les lieux la mort & le ravage;
Repaiſſez-vous, cruel, de ſang & de carnage.
Ne ſoyez point touché de vos exploits affreux,
Détruiſez, ſaccagez, faites des malheureux.
Et moi, ſans nul appui, victime infortunée,
Aux perſécutions toujours abandonnée,
En proie à mon tyran, livrée à ſes fureurs,
Laiſſez-moi ſuccomber ſous le poids des horreurs.
Quand le monde à nos yeux a perdu tous ſes charmes,
Lorſque nous n'avons plus qu'à répandre des larmes,
Que le ciel a ſur nous déployé ſa rigueur,
Succomber à nos maux eſt le plus grand bonheur.

B A L É A S A R.

Grands dieux! que dites-vous. — Ah! vivez, Almaſie. —

A L M A S I E.

Tu me fuis & tu veux que je reſte à la vie, —

B

Sont-ce là vos fermens ? Eft-ce là cette foi ?
Vous difiez ne vouloir exifter que pour moi. —
La folle vanité de commander l'armée
Vous fait fuir d'un œil fec une amante allarmée.
Les chefs Egyptiens font-ils donc des héros?
Pour les vaincre croit-on manquer de généraux?

BALÉASAR.

A mon père, à mon roi je dois l'obéiffance;
Je me dois à l'honneur ainfi qu'à la naiffance;
Je me dois à l'état : je dois donc le fervir,
Je dois chérir ma gloire & ne pas la flétrir.
Ah ! fi je me couvrois de honte & d'infami'
Je vous ferois rougir, adorable Almafie.
Indigne de mon rang, honteux de voir le jour,
Je ferois un outrage à votre chafte amour.
Suivons notre deftin, furmontons nos allarmes,
Et que notre vertu faffe tarir nos larmes.

ALMASIE.

Non, non, ne craignez pas que je verfe des pleurs;
Je faurai de mon fort terminer les rigueurs;
Prévenir tous les maux qu'un tyran me prépare,
Et tromper du deftin la volonté barbare.

BALÉASAR.

Vous voulez votre mort.

ALMASIE.

Pourquoi ne pas mourir ?
D'un fort trop rigoureux ne peut-on s'affranchir ?
Pour qui paffe fes ans toujours dans la fouffrance,
C'eft un pefant fardeau qu'une longue exiftence.

BALÉASAR.

Sentimens trop cruels, effets du défefpoir,
S'il eft une vertu, s'il eft un vrai devoir,
Dont les principes fûrs écrits par la nature
Impriment en nos cœurs une loi fainte & pure,
Ce n'eft qu'à cette loi qu'il faut s'en rapporter;
Puifqu'elle exifte en nous il faut la confulter.
Qu'un malheureux mortel expire à notre vue,
La nature en frémit & l'ame en eft émue.
Aimons donc cet inftinct, ces fecrets fentimens,
Et craignons de l'efprit les vains égaremens.
O vous, dont le cœur pur eft rempli d'innocence,
Ecoutez; il vous dit d'aimer votre exiftence.

ALMASIE.

Quoi, chériffant mes jours vous les empoifonnez?
Quoi, vous craignez ma mort & vous m'affaffinez?
C'eft vous qui me frappez : c'eft votre barbarie
Qui me force à vouloir m'arracher à la vie;
Et fi mon défefpoir peut offenfer les cieux,
C'eft vous qui m'attirez la colère des dieux.

BALÉASAR, *prenant la main d'Almafie.*

Oui, ma chère Almafie, oui, je fuis feul coupable,
Puifque j'ai pu troubler votre cœur adorable;
Sur moi vous aviez feule un abfolu pouvoir :
Vous obéir étoit mon unique devoir.
Décidez de mon fort, réglez ma deftinée,
Je veux que par vous feule elle foit ordonnée.

ALMASIE.

De grace, éloignez vous— on nous obferve—ô ciel!
Quel contre-tems affreux; j'apperçois Phadael!

SCENE III.

ALMASIE, BALÉASAR, PHADAEL.

PHADAEL.

Est-ce une illusion ? — m'en croirai-je moi-même !
Plus que la vôtre encor ma surprise est extrême. —
Avec audace, ainsi, l'on ose m'outrager !
Témoin d'un tel affront je devrois m'en venger. —
Rival audacieux, vous devriez connoître
Que je suis destiné pour être votre maître ?

BALÉASAR.

Si j'ignorois le droit qui vous enorgueillit
Sur votre front altier je le verrois écrit.
D'un aveugle destin vous tenez l'avantage
Du droit qui vous promet ce sublime héritage.
Qu'au trône la vertu fasse seule monter,
Nous verrons qui des deux saura le mériter. —

PHADAEL.

Gardez avec moi...

BALÉASAR.

Vous, gardez plus de mesures,
Notre sang n'est pas fait pour souffrir des injures.

PHADAEL.

Loin d'avoir des regrets, l'audace croit en vous,
Cherchez-vous donc encor à braver mon courroux. —
Tremblez — Vous allez voir éclater ma vengeance.
Le roi me doit justice, il la fera, je pense.

BALÉASAR.

Allez par vos difcours en impofer au roi,
Déchaînez s'il fe peut tout l'enfer contre moi.
Vous pourriez fous mes pas faire entr'ouvrir la terre,
Vous pourriez contre moi diriger le tonnerre,
Que vous ne verriez pas mon courage abattu.
Je foutiendrai peut-être avec plus de vertu
Les outrages du fort, l'état le plus extrême,
Que vous ne foutiendrez l'éclat du diadême.

(*Il fort.*)

SCENE IV.

ALMASIE, PHADAEL.

PHADAEL.

IL me brave—madame, il connoît votre cœur.—
Eh ! qu'auroit-il à craindre ? il eft votre vainqueur.
Il fait que près de vous ma flamme eft importune :
Eft toujours arrogant qui connoît fa fortune.

ALMASIE.

Si, malgré ma fierté j'ai pu diffimuler,
Maintenant, fans détours je prétends vous parler.
Aurois-je pu prévoir que les nœuds d'hymenée
Me duffent attacher à votre deftinée ?
Un objet fans fplendeur & de foibles attraits
Paroiffoient-ils devoir vous occuper jamais ?
Baléafar furpris par un trait invincible
A l'amour le plus pur fut me rendre fenfible.
Rien ne fembloit alors s'oppofer à nos vœux.
Nous crûmes que le ciel couronneroit nos feux.

Si les dieux ont détruit notre innocent fyftème
Sommes-nous criminels ? décidez le vous-même.

PHADAEL.

Ainfi, vous prétendez me calmer en ce jour
En me faifant l'aveu d'un offenfant amour;
D'un amour odieux ; d'un amour qui m'outrage,
Et qui remplit mon cœur de dépit & de rage.

ALMASIE.

L'aveu que je vous fais de tous mes fentimens
M'expofe donc, feigneur, à vos emportemens.
Sachez que la franchife eft aimable & doit plaire;
La fauffeté doit feule exciter la colère.
Quoi ! faut-il à l'autel abufer votre efpoir,
Vous jurer un amour que je ne puis avoir ?
D'en impofer ainfi je ne fuis pas capable,
Et toujours le plus faux fera le plus coupable.

PHADAEL.

Si votre cœur ingrat étoit fermé pour moi,
Le rigide devoir vous impofoit fa loi.

ALMASIE.

Seigneur, ai-je trahi cette loi fi févère ?

PHADAEL.

Votre main m'eft promife, & vous voyez mon frère—
Vous me devez, madame, un compte de vos pas;
Payez-moi de froideurs : mais ne m'offenfez pas. —
Je vous défends de voir l'objet de votre flamme.
Si vous aimez mon frère, obéiffez, madame.

ALMASIE.

Avant que de vouloir me foumettre à vos loix,
Attendez que l'hymen vous ait donné des droits.

Vous n'aurez jamais rien peut-être à me prescrire;
Je pourrois m'affranchir encor de votre empire.

(*Elle sort.*)

SCENE V.

PHADAEL, *seul.*

COMMENT interpréter ces mots mystérieux;
Contre moi voudroit-on conspirer en ces lieux ! —
Je connois d'Astarbé la politique habile ;
On adore mon frère, il peut tout dans la ville. —
Voudroit-il me trahir : — non, l'honneur est sa loi.
Je rougis de le voir plus vertueux que moi. —
Si j'ai des ennemis prévenons leurs injures;
Qu'aujourd'hui mon hymen détruise leurs mesures.

SCENE VI.

PIGMALION, PHADAEL.

PIGMALION.

JE vous revois, mon fils. Dieux ! combien il m'est doux
D'avoir dans mes enfans un héros tel que vous.
Je vous dois le salut de toute la patrie.

PHADAEL.

Que pouvez-vous devoir à qui vous doit la vie ?
Si j'ai délivré Tyr & si je suis vainqueur,
Cet honneur glorieux doit seul combler mon cœur.
Faut-il qu'en ce moment les outrages d'un frère
Ne rendent mon bonheur qu'un bonheur éphémère;

Et que par un affront je puisse voir flétris
De glorieux lauriers à peine recueillis.

PIGMALION.

Se peut-il qu'avec vous Baléasar s'oublie ?
Expliquez-vous ?

PHADAEL.

Seigneur, il adore Almasie ;
Je l'ai surpris près d'elle & presqu'à ses genoux.
Plus ardent que jamais à braver mon courroux,
Plus altier, plus superbe & plus rempli d'audace,
Il s'est enfin porté jusques à la menace.
D'un affront si sanglant, d'un pareil attentat
Vous saurez me venger, sans doute avec éclat.

PIGMALION.

Ah ! de son propre sang peut-on tirer vengeance !
L'éclat seroit encor plus fâcheux que l'offense.
Nous sommes observés d'un public curieux,
Gardons-nous d'exposer nos troubles à ses yeux.
S'il reconnoît en nous ce qu'en lui l'on réprime,
Nous perdons à jamais sa véritable estime.
Affectons des vertus au-dessus des mortels,
Nous verrons devant nous élever des autels ;
Et , quoiqu'abandonnés aux foiblesses des hommes,
Nous paroîtrons des dieux en cachant qui nous sommes.

PHADAEL.

Ainsi Baléasar sûr de l'impunité
Peut m'accabler du poids de son indignité.

PIGMALION.

Non, je veux vous venger. J'éloigne votre frère.
Par mon ordre en Egypte il va porter la guerre.

C'eſt ainſi que je fais l'exiler de la cour.
Si la guerre finit, bientôt à ſon retour
Je ſaurai l'occuper dans une autre contrée.
Ainſi ma politique, & prudente & cachée,
Saura loin de ma cour toujours le faire errer,
Sans que dans mes deſſeins on puiſſe pénétrer.

PHADAEL.

J'admire cet excès de votre complaiſance
Qui ſemble vous porter à vouloir ma vengeance,
Sur un cœur paternel mon frère a de grands droits,
Peut-être qu'en ſecret vous approuviez ſon choix.
Sans l'amour dont pour lui votre ame eſt dominée,
Sans doute on vous verroit preſſer mon hymenée.

PIGMALION.

Phadael penſe-t-il à ſa témérité ?
Quoi! vous oſez douter de ma ſincérité ?
Connoiſſez mieux mon cœur. Epouſez Almaſie,
Et que dès ce jour même elle vous ſoit unie.

PHADAEL.

Seigneur, vous me comblez.

PIGMALION.

Allez, ſoyez heureux,
Et ſachez pardonner en prince généreux.

SCENE VII.

PIGMALION, ſeul.

Sur le cœur de mes fils quelle rage ennemie,
Quelle haine implacable exerce ſa furie;

Et d'où vient qu'Aftarbé par l'intrigue en ce jour
Du prince Phadael cherche à trahir l'amour.—
Elle a pour Almafie une extrême foibleffe,
Sa paffion fans doute eft ce qui l'intéreffe.
Ah! fi Baléafar a gagné fa faveur,
Je crains fa politique & fon efprit ligueur;
Elle a quelque deffein. Cette femme hardie
En veut à Phadael & peut-être à ma vie.—
Tout me rend foupçonneux. Quel eft cet étranger—
Bientôt je le verrai; je veux l'interroger.

SCENE VIII.

PIGMALION, ORAD.

PIGMALION.

ET l'inconnu?..

ORAD.

Seigneur, vous le pourrez entendre,
On l'amene à l'inftant : mais il faut vous apprendre
Que cet audacieux qu'on ne peut ébranler
Afpire à voir la reine & voudroit lui parler.

PIGMALION.

Aftarbé — la perfide — étrange circonftance!—
Que veut-il à la reine & quelle intelligence?—
Orad, on veut ma mort. Fidèle ferviteur,
Tâche de pénétrer ce myftère d'horreur.
Il n'eft rien s'il le faut que je ne facrifie,
Je perdrai jufqu'à ceux à qui le fang me lie.

Dans le crime d'état on prend peu garde au rang :
Un roi verse pour lors jusqu'à son propre sang.

O R A D.

Quelque juste que soit cette rigueur extrême,
En punissant les siens on se punit soi-même.

S C E N E   IX.

PIGMALION, ORAD, JOASAR, GARDES.

(Joasar a les mains enchaînées.)

U N   G A R D E.

Voici cet étranger, seigneur.

P I G M A L I O N, *(aux gardes)*

Sortez. *(à Orad.)* Et toi,
Orad en ce moment reste auprès de ton roi. *(à Joasar.)*
Décide de ton sort, étranger misérable :
Si mon autorité te paroît respectable ;
Et si pour toi la vie a quelque peu d'attraits,
Pour quels forfaits, dis-moi, viens-tu dans mon palais ?

J O A S A R.

Quand du crime on n'a pas reconnu l'existence,
Alors on doit toujours supposer l'innocence :
Mais supposer le crime avec légèreté,
C'est blesser la justice & manquer de bonté.
Pourquoi donc de forfaits me croyez-vous capable ?
Connoissez-vous mon cœur, monarque redoutable ? ..
Je chéris la vertu, je suis soumis aux dieux,
Et le crime ne peut m'amener en ces lieux.

N'en attendez pas plus : le reste est un mystère ;
Qu'un serment solemnel m'oblige de vous taire.

PIGMALION.

Désobéir aux rois est un acte odieux,
Et de la terre enfin les princes sont les dieux.
Sache donc respecter la grandeur souveraine.
N'as-tu pas désiré de parler à la reine ?
Dis, que lui voulois-tu ?

JOASAR.

Si j'eusse pu la voir,
Informer cette reine eût été mon devoir.
Instruite, elle auroit pu, seigneur, vous satisfaire,
Vous révéler enfin ce que j'ose vous taire.

PIGMALION.

Tu peux garder en toi tes secrets criminels,
Va, je saurai punir des ennemis cruels.
Gardes, reparoissez. Que l'on fasse justice.
(à Joasar.)   (à part.)
Traître, tu vas périr. Voyons si le supplice
Troublera ce barbare & le fera parler.

ORAD.

Gardes, préparez-vous, il le faut immoler.
(*Pigmalion & Orad sortent.*)

SCENE X.

JOASAR, GARDES.

JOASAR.

JE crois que tout l'enfer contre moi se déchaîne.
Il faudra donc périr sans revoir cette reine,

Cette femme si chère & dont le ciel jaloux
A voulu pour toujours priver son tendre époux. —
Grands dieux ! quelle princesse ici vient à paroître!
Mes yeux m'abusent-ils ; je crois la reconnoître.

SCENE XI.

ASTARBÉ, JOASAR, GARDES.

ASTARBÉ.

QUEL funeste appareil, & qui va-t-on punir?

UN GARDE.

C'est un vil étranger qu'on va faire mourir.

JOASAR.

Je reconnois sa voix; c'est elle, c'est la reine;
Dieux ! puisque je la vois, ma fortune est certaine;
Ah! madame , un instant; regardez en ces lieux
Un mortel qui pour vous va périr à vos yeux.

ASTARBÉ.

O ciel! — de Joasar c'est l'image frappante: —
Mais puis-je m'abuser — Dieux! quelle est mon attente!
J'ai versé tout son sang — quel est votre pays ?

JOASAR.

Dans Memphis je suis né.

ASTARBÉ.

     Je ne sais où je suis.
Ses regards, ses discours, tout agite mon ame —
Que vouliez-vous ici?

JOASAR.

    Vous y trouver, madame.

ASTARBÉ, (*aux Gardes.*)

Ah ! je veux m'éclaircir — éloignez-vous de moi,
Laissez ce prisonnier, j'en peux répondre au roi.

SCENE XII.

ASTARBÉ, JOASAR.

ASTARBÉ.

Etranger malheureux, que voulez-vous me dire ?

JOASAR.

Vous voyez un mortel contre qui tout conspire ;
Qui, fuyant son pays, renonçant à son rang,
Vient répandre en ces lieux les restes de son sang.
Que n'ai-je tout perdu plutôt en ma patrie !
J'aurois péri du moins par une main chérie. —
Avez-vous oublié votre premier époux ?
Il est vivant, madame.

ASTARBÉ.

Ah ! Joasar, c'est vous :
Vous que j'ai massacré — quel sort épouventable ! —
Un parricide affreux — un hymen détestable —
Je dois être à vos yeux un objet plein d'horreur —
Je succombe à mes maux — la honte & la douleur...

JOASAR.

C'est d'un sort rigoureux la volonté cruelle,
Avec une ame juste on n'est pas criminelle.
Votre innocence doit adoucir vos douleurs.
Pour un instant, du moins, oubliez nos malheurs :

Je vous vois, ce bonheur a pour moi trop de charmes.
Ah! partagez-le donc, & bannissez les larmes.

ASTARBÉ.

A ces traits généreux je connois mon époux —
Mais dieux! Dans quel état, Joasar, êtes-vous? —
Que j'ôte de vos mains ces accablantes chaînes —
Puisse le juste ciel finir ainsi nos peines! —
De grace, cher époux, maintenant dites-moi,
Et comment vous vivez & comment je vous voi.

JOASAR.

Faut-il vous rappeller cette erreur inouie
Qui pensa dans Memphis m'arracher à la vie?
Heureux si j'avois pu sous les coups de la mort
Eviter les rigueurs du plus terrible sort!
A peine je voyois refermer ma blessure
Qu'on me fit enfermer dans une tour obscure :
J'avois subi quinze ans cette captivité,
Quand des amis puissans m'ont mis en liberté.
Fuyez, me dit l'un d'eux ; fuyez la tyrannie :
Elle hait la vertu. J'appris qu'en Phénicie
Le roi pour vous fixer sur ces bords fortunés,
Touché de vos attraits les avoit couronnés.
J'ai suivi mes desirs ; j'ai cherché ce que j'aime :
Mais mon destin cruel en tous lieux est le même.
A Tyr j'arrive à peine & je vais y périr.

ASTARBÉ.

Je saurai vous sauver, ou je saurai mourir.
Venez combler de joie une jeune princesse,
Fruit heureux dont l'hymen paya notre tendresse.

JOASAR.

Bonheur trop fortuné! plaisir délicieux !
Mon sort pourroit sans doute être envié des dieux. —
Mais si le roi...

ASTARBÉ.

Dans Tyr mon pouvoir est suprême ,
Et s'il veut votre mort, je l'immole lui-même.

Fin du second Acte.

ACTE III.

SCENE PREMIERE.

PIGMALION, ORAD.

PIGMALION.

VIENS calmer mes foucis, viens bannir mon effroi,
As-tu fait refpecter les ordres de ton roi,
Et ce ferme étranger d'une humeur fi hautaine...

ORAD.

En ma préfence il vient d'être mis à la chaîne.

PIGMALION.

Et qu'a dit Aftarbé ?

ORAD.

Quel courroux, juftes dieux !
Le feu de la colère éclatoit dans fes yeux.

PIGMALION.

Je vois qu'avec ce traître elle eft d'intelligence;
Je reconnois fon crime à tant de violence.

ORAD.

Vous le dirai-je encor — elle a verfé des pleurs.
Sa fille à fes côtés partageoit fes douleurs ;
Invitoit tout le peuple à recourir aux armes,
Pour fauver de nos mains l'objet de fes allarmes.

PIGMALION.

Cette conduite annonce un myftère important.
Il faut le pénétrer mon , repos en dépend.

C

Tel eſt le triſte fruit d'une haute puiſſance.
De mille mécontens redouter la vengeance;
Voir toujours le danger, la mort autour de ſoi:
Qui voudroit à ce prix être roi comme moi?
Un trône environné toujours du précipice,
Loin d'être un bien ſuprême eſt le plus grand ſupplice.

ORAD.

De la reine, ſeigneur, enfin que craignez-vous?
Qui croira qu'elle en veuille aux jours de ſon époux?

PIGMALION.

Tu ſais bien qu'à Memphis Aſtarbé fut trompée,
Que ſa main dans le ſang d'un époux s'eſt trempée,
Que j'ai toujours caché cette horreur en ces lieux.
Le ſang des rois d'Egypte à Tyr eſt odieux;
Mon hyménée auroit troublé la Phénicie,
On auroit craint d'avoir une reine ennemie.
Tu ſais que dans l'Egypte où tu fus en ſecret
Envoyé de ma part comme un ami diſcret.
On croit que Joaſar a perdu la lumière,
Ou des coups de la reine, ou des mains de ſon frère:
Je n'en ſuis pas plus calme, & je crains maintenant
Que ce premier époux ne ſoit encor vivant,
Et que cet étranger...

ORAD.
Il ſeroit...

PIGMALION.
Oui, ſans doute,
C'eſt là cet ennemi que mon ame redoute,
C'eſt l'époux d'Aſtarbé, l'auteur de ſon tourment;
C'eſt pour lui qu'Almaſie a pleuré tendrement.

Eh! quel autre auroit pu leur coûter tant de larmes?
Ami, c'est Joasar qui cause leurs allarmes.
Leurs excès, leurs transports décèlent leur secret;
Peut-être existe-t-il un criminel projet.

O R A D.

Pourquoi d'un noir dessein croire Astarbé coupable?
Et pourquoi Joasar seroit-il redoutable?
Le retour imprévu de ce premier époux
Romproit le grand lien qui joint la reine à vous:
Vous pourriez renvoyer cette famille illustre,
Sans troubler votre regne & sans ternir son lustre.

P I G M A L I O N.

La reine, sur mon peuple a trop d'autorité;
Elle a presque usurpé ma souveraineté.
Elle est entreprenante, active, ambitieuse;
Elle a par-dessus tout l'ame artificieuse.
Almasie a charmé le cœur de mes deux fils;
Tous les esprits, dans Tyr, contre moi sont aigris.
Qui se sait accablé de la haine publique,
Qui n'a pour son soutien qu'un pouvoir tyrannique,
Croit toujours voir sa chute & doit tout redouter.

O R A D.

Ne point régner en paix ce n'est pas exister.
Ah! bannissez, seigneur, des soucis chimériques,
Ordinaires tourmens des ames politiques.

P I G M A L I O N.

D'une crainte mortelle il faut me dégager,
Imprimer la terreur, perdre cet étranger. —
Ami, si mes soupçons augmentoient davantage,
La reine périroit — suspendons cet orage;

Cet étranger mourra : mais avant d'éclater ,
Je veux voir Aftarbé , l'éprouver, l'écouter ;
Pénétrer, s'il fe peut, les fecrets de fon ame ,
Intéreffer fon cœur. Sors, je la vois.

SCENE II.

PIGMALION, ASTARBÉ.

PIGMALION.

MADAME,

Vous avez donc affez élevé votre voix
Pour vous faire obéir, pour éluder mes loix ?
De quel droit prenez-vous une telle licence ?
Croyez-vous maintenant partager ma puiffance ?
On vous rend les honneurs dûs à la royauté,
Vous les tenez de moi. Quant à l'autorité ,
A moi feul appartient ce fuprême avantage ;
Et l'on perd fa puiffance alors qu'on la partage.
Vous venez d'empêcher mes loix de prévaloir.
Avez-vous donc , madame , ufurpé mon pouvoir ?

ASTARBÉ.

Si la pitié, feigneur, pouvoit rendre rebelle,
Ce fentiment m'eft cher, je ferois criminelle.
Sans vouloir attenter à votre autorité,
J'ai cru pouvoir fervir votre état agité.
J'avois en ce pays que le Nil fertilife
Quelques gens affidés, & par leur entremife
Je favois les projets que les Egyptiens
Formoient pour opprimer les peuples Tyriens.

Je ne fais pas valoir des chofes ordinaires :
Mais je vous ai donné des avis falutaires.
L'étranger qu'à la mort condamnent vos rigueurs
Eft pour fon infortune un de ces ferviteurs,
Qui, foupçonné chez lui, vient, fuyant fa patrie,
Par ceux qu'il a fervi périr en Phénicie.

PIGMALION.

Vains détours pour couvrir le plus grand attentat.
S'il s'étoit dévoué pour fervir mon état,
Bien loin de s'obftiner à vouloir me le taire,
Il l'auroit fait connoître à cette ville entière.

ASTARBÉ.

De ne s'ouvrir qu'à moi ce malheureux mortel
Avoit fait à fes dieux un ferment folemnel.
Ah ! prince, pardonnez à fon faux héroïfme
Qui peut-être eft porté jufques au fanatifme.
S'il s'étoit déclaré, même, feigneur, à vous,
Il auroit cru du ciel mériter le courroux.

PIGMALION.

Ce fcrupule eft, fans doute, une chofe inouie
Dans un cœur fcélérat qui trahit fa patrie.
Un fujet auffi vil, un pareil malheureux
Méritoit-il des pleurs, des tranfports fcandaleux ?
Auriez-vous dû fouffrir que votre fille en larmes
Eût fait publiquement éclater fes allarmes ?

ASTARBÉ,

Vous écoutez, feigneur, les infolens rapports
De lâches courtifans qui me prêtent des torts ;

Et quand il feroit vrai que mon ame allarmée
Eût pu gémir de voir l'innocence opprimée ;
Quand ma fille auroit eu cet heureux fentiment,
Nous doit-on reprocher cet attendriffement ?
N'en doutez pas, feigneur, une pitié fincère
Eft des princes humains la vertu la plus chère.
Ils peuvent, fans rougir, pleurer les malheureux ;
Leurs larmes font toujours des éloges pour eux.

PIGMALION.

Ainfi vous perfiftez à me cacher, madame,
Le véritable objet qui tourmente votre ame,
Gardez votre fecret. Quant à cet étranger,
Il a bravé mes loix & je dois les venger,
Sa mort eft néceffaire.

ASTARBÉ.

Ah ! c'eft trop me contraindre
Après un tel arrêt il n'eft plus tems de feindre. —
Voulez-vous donc la mort de mon premier époux
Du trifte Joafar.

PIGMALION.

Madame, expliquez-vous ?

ASTARBÉ.

Puifqu'il vit ; à fes vœux le devoir me ramene ;
Vous n'avez plus d'époufe & je ne fuis plus reine.
Joafar, le premier m'a conduit aux autels ;
Mes liens avec vous font des nœuds criminels.
Seigneur, fuyons le crime & fuivons la juftice.

PIGMALION.

De tous ces vains détours je connois l'artifice. —

Un monftre audacieux viendra dans mon palais
Sans doute exécuter le plus grand des forfaits ;
Et pour comble d'horreur une époufe infidèle
Ofera foutenir cette main criminelle. —
Vous vous livrez à lui— jugez-le, jugez-vous.

ASTARBÉ.

Ah ! faut-il donc, feigneur, fe mettre à vos genoux,
Et de larmes de fang inonder cette terre.
Faut-il pour appaifer votre extrême colère ?
Faut-il ma mort ? Frappez : mais que votre courroux
Epargne au moins le fang d'un légitime époux.

PIGMALION.

Relevez-vous, madame, & pour moi, pour vous même,
Ne déshonorez pas le facré diadême.
Je veux être obéi. Loin de vous obftiner,
N'irritez pas un roi qui veut vous pardonner.
Oubliez un mortel qui s'eft rendu coupable.

ASTARBÉ.

Moi, feigneur, oublier un époux adorable ! —
Auriez-vous réfolu de le faire périr ? —
Ah ! fi je le croyois ...

PIGMALION.

Il mourra.

ASTARBÉ.

Lui, mourir ;
Monftre de cruauté, s'il te faut du carnage,
Apprends à redouter mes tranfports & ma rage.
Apprends que je faurois renverfer tes fuppôts,
Braver la cruauté de tes lâches bourreaux ;

C iv

Acharner contre toi cette ville en furie ;
Exciter la révolte, armer la barbarie ;
T'écraser fous mes coups ; te déchirer le flanc ;
Embraser ton palais, l'inonder de ton fang ;
Arracher de ton corps tes entrailles fumantes,
Les livrer avec joie aux flammes dévorantes ;
Délivrer tes fujets de ton règne odieux ;
Te punir & venger, & ton peuple & les dieux.

PIGMALION.

Je connois vos fureurs, votre affreux caractère ;
Mais un roi doit favoir méprifer la colère.
S'il eft quelques ingrats je connois des amis ;
J'ai des foldats vaillans & des peuples foumis.
Que puis-je redouter, madame ?

ASTARBÉ.

Mon courage.

PIGMALION.

C'eft de mépris qu'on paie une impuiffante rage.

SCENE III.

ASTARBÉ, *feule.*

APRÈS un tel éclat ne perdons pas de tems,
Il faut faire affembler les chefs des mécontens ;
Il faut tout employer, la cabale & l'intrigue,
Exciter les efprits aux fureurs de la ligue ;
Relever la valeur de ce peuple abattu,
Enfeigner la révolte, en faire une vertu ;

Ecraſer ſur ſon trône un tyran qu'on abhorre.
Ah ! ſi Baléaſar — cette ville l'adore ; —
S'il chérit Almaſie il doit le faire voir.
Servir l'objet qu'on aime eſt le plus cher devoir.—
Sa vertu va parler. — Ah ! s'il faut qu'il l'entende ; —
Mais que peut la vertu lorſque l'amour commande. —
Il obtiendra s'il veut le pouvoir ſouverain,
Il ne lui faut qu'un pas, un heureux coup de main.
C'eſt ainſi que ſouvent on obtient la couronne ;
L'audace y fait prétendre & le bonheur la donne.
Il peut voir s'il veut être ou monarque ou ſujet ;
S'il veut toujours ramper ſous un frère qu'il hait
S'il veut dans la douleur voir périr Almaſie,
Ou s'il veut couronner une amante chérie. —
Mais dieux ! à quels forfaits faut-il donc recourir !
Soulever des ſujets qui devroient obéir ;
Corrompre un jeune cœur, en faire un cœur perfide,
Et d'un fils vertueux en faire un parricide. —
Juſte ciel ! je frémis —

SCENE IV.

ASTARBÉ, BALÉASAR.

BALÉASAR.

MADAME, quel ennui,
Quel chagrin violent vous domine aujourd'hui ?

ASTARBÉ.

Seigneur, cet étranger qui doit perdre la vie
Eſt mon premier époux, le père d'Almaſie.

BALÉASAR.

Eh quoi! le roi...

ASTARBÉ.

Bien loin de fe laiſſer fléchir,
Il n'eſt que plus ardent à le faire mourir.
Il brûle d'exercer ſa fureur ſanguinaire;
Il veut faire périr notre famille entière. —
Vous aimez Almaſie; ſeigneur, voici le jour
De faire aux yeux du peuple éclater votre amour,
De mériter ſa main.

BALÉASAR.

Parlez, que faut-il faire?

ASTARBÉ.

Des horreurs du ſupplice il faut ſauver ſon père,
Il faut venger le peuple; &, par un coup d'état,
Il faut que ce pays recouvre ſon éclat.

BALÉASAR.

Que vous me ſurprenez!

ASTARBÉ.

Toute la Phénicie
Depuis long-tems ſouffrante eſt ſous la tyrannie.
Il ſeroit ſuperflu de le diſſimuler,
Et ſans détours enfin, nous en pouvons parler.
On abhorre dans Tyr un maître ſanguinaire;
On y craint, on y hait le prince votre frère.
Vous ſeul fixez les cœurs & les ſavez gagner:
Puiſqu'on vous aime à Tyr vous y devez regner. —
De ce peuple opprimé tariſſez donc les larmes.
Méritez votre amante & couronnez ſes charmes.

BALÉASAR.

Madame, quels difcours ! vous me glacez d'effroi, —
Moi ! je détrônerois & mon père & mon roi. —
Ah ! périffe le fils & cruel & coupable
Qui de ce crime affreux pourroit être capable. —
Mais, que m'apprenez-vous ! mon père eft en danger :
Je dois l'en avertir & je dois le venger.
Ce fecret eft horrible, & fi j'ofois le taire,
Coupable ainfi que vous je trahirois mon père.

ASTARBÉ.

Allez, ame vulgaire ! efclave des tyrans !
Poffedez la vertu des cœurs bas & rampans ;
Secondez le pouvoir qui cherche à vous abattre ;
Contre vous-même, allez honteufement combattre ;
Allez, vil délateur aux pieds de votre roi
Accufer lâchement & votre amante & moi.
N'ayez plus pour mon fang qu'une rage ennemie ;
Cruel, portez le fer dans le cœur d'Almafie.
Que vos feux amoureux faffent place à l'horreur,
De tous les conjurés elle arme la fureur. —
Mais non : contre moi feule excitez la tempête,
Et pour premier exploit commencez par ma tête,
Ou craignez des lauriers que ma main flétrira.
Vos fuccès feront vains tant qu'Aftarbé vivra.

SCENE V.

BALÉASAR, *feul.*

COURONS — mais — Almafie — ah ! dieux ! — que
    dois-je faire, —
Cette reine en fureur veut détrôner mon père. —

J'entends les cris du sang, il faut la dénoncer. —
Ah! ma chère Almasie! ah! je vas t'offenser. —
Je connois son grand cœur, son courage, son zèle;
Elle va pour les siens se rendre criminelle. —
Eh quoi! loin d'admirer des sentimens si beaux.
Irai-je, amant cruel, la livrer aux bourreaux!
Elle, ce cher objet, ce charme de ma vie;
Elle que j'aime enfin jusqu'à l'idolâtrie. —
Ah! sauvons-la plutót du plus affreux danger;
Je l'aime, il me suffit, ma main doit la venger.
Sauvons-la des périls; que rien ne m'épouvante.
Combattons, s'il le faut, pour sauver mon amante. —
Où s'égare, grands dieux! ma fragile raison!
Faut-il à mon amour immoler ma maison,
Soulever tout un peuple & combattre mon frère;
Plonger le fer cruel dans le sein de mon père. —
O tendresse! ó devoir! qui me faites souffrir,
Faut-il mourir, hélas! pour ne vous pas trahir.

SCENE VI.

BALÉASAR, ALMASIE.

ALMASIE.

L'INGRAT Baléasar, ce traître, ce parjure
A donc d'un délateur l'ame méchante & dure.
Pourrez-vous sans horreur commettre un tel forfait!

BALÉASAR.

Ah dieux! —

SCENE VII.

BALÉASAR, ALMASIE, ERNÈS.

ERNÈS.

Ils font enfemble, écoutons en fecret.

ALMASIE.

En me jurant l'amour le plus pur, le plus tendre
Altéré de mon fang tu vas donc le répandre.

BALÉASAR.

Puiffe plutôt le mien fe verfer aujourd'hui !
Puiffe plutôt mon bras devenir votre appui !
Formez le jufte plan d'une entreprife honnête
Qui puiffe détourner cette horrible tempête,
Et qui puiffe fauver les auteurs de vos jours.
Avec un zèle ardent vous me verrez toujours
Pour votre illuftre fang facrifier ma vie :
Mais s'il faut employer la noire perfidie,
La trame, les complots; mille moyens honteux.
N'attendez pas de moi ces attentats affreux.
Rien n'a jamais pu rendre un forfait légitime :
Quoi qu'en foit la raifon le crime eft toujours crime;
Et quand l'opprobre enfin peut feul nous garantir
L'honneur eft préférable, il faut favoir mourir.

ALMASIE.

L'honneur eft en ce monde un être fantaftique,
Il dépend du pays & de la politique ;
Des grades, des emplois & des conditions :
Chacun juge à fon gré toutes les actions.

Il eſt pourtant des loix qu'en tous lieux on obſerve;
S'il eſt des opprimés, l'honneur veut qu'on les ſerve. —
Mon père eſt dans les fers, il faut donc le ſauver;
Il faut vaincre la force, & ſavoir tout braver.

BALÉASAR.

Vous ſervir eſt le but que mon cœur ſe propoſe,
Pour ſauver Joaſar il n'eſt rien que je n'oſe :
Mais bornons la révolte en armant ſa fureur;
Renonçons pour toujours à ces climats d'horreur.
Allons, fuyans des cours, & le faſte & les vices
Du tranquille bonheur rechercher les délices.
Ennemis des forfaits, n'en ſouillons pas nos mains :
Fuir les horreurs du crime eſt la loi des humains.

ALMASIE.

A de tels ſentimens je puis vous reconnoître.
Le calme dans mon ame enfin vient de renaître.
Puiſſent les juſtes dieux approuver ce deſſein !
Puiſſent-ils le conduire à ſon heureuſe fin ! —
Hélas ! je crains encor...

BALÉASAR.

Eh quoi?

ALMASIE.

Je crains ma mère
Sa vaſte ambition, ſa fierté, ſa colère.

SCENE VIII.

ERNÈS.

Grands dieux! que de vertu dans ces deux jeunes
cœurs! —

Ah ! qu'il eſt douloureux de ſervir les fureurs
D'un amant outragé ; d'un frère ſanguinaire : —
Ma fortune le veut, je leur ſerai contraire.
Je ne laiſſerai pas s'emparer de mon cœur
Une molle pitié contraire à mon bonheur.
Un courtiſan ne doit ni ſervir ni connoître
Que ſon propre intérêt & celui de ſon maître.

Fin du troiſième Acte.

ACTE IV.

SCENE PREMIERE.

PIGMALION, PHADAEL, ERNÈS.

PHADAEL.

LE complot eſt formé ; l'ingrat Baléaſar
Doit lui-même dans peu délivrer Joaſar.
Vous allez voir, ſeigneur, cet inſolent rebelle
Elever contre vous une voix criminelle ;
Séduire vos ſujets, les faire révolter,
Aſpirer à ce trône & tâcher d'y monter.

PIGMALION.

Que cette rage affreuſe au moins ſoit impuiſſante.
Faites doubler la garde & trompez ſon attente.

PHADAEL.

Je me flatte, ſeigneur, d'abattre ſes efforts,
Déjà j'ai donné l'ordre, il nous vient des renforts :
Mais la fortune trompe & ſouvent eſt contraire,
Il faut, s'il en eſt tems, s'aſſurer de mon frère.

PIGMALION.

Je veux dans ces momens ne rien précipiter,
Le peuple eſt en rumeur, il pourroit éclater.
Employons le ſecret des ſages politiques,
Je veux le perdre, mais, par de ſourdes pratiques :

Sans

Sans paroître en courroux, sans vouloir l'allarmer;
Je veux en l'immolant paroître encor l'aimer. —
Mais, qu'apperçois-je ici, quelle foule agitée!
Quel bruit confus!

SCENE II.

PIGMALION, PHADAEL, ERNÈS, UN OFFICIER.

L'OFFICIER.

SEIGNEUR, la reine est arrêtée.
Déjà de la prison les soldats corrompus
Etoient pour la plûpart à la reine vendus.
Cette princesse arrive; elle amene avec elle
Des habitans de Tyr une troupe rébelle.
« Combattez, leur dit-elle, en ce danger pressant;
» Des mains d'un roi cruel sauvez un innocent ».
Le signal est donné, les mutins se déchaînent
En flots tumultueux ils se poussent, s'entraînent.
Soudain, de la prison les soldats révoltés
Vont porter la terreur, la mort de tous côtés.
Ceux-là sont les vainqueurs, & par leurs mains cruelles,
On voit tomber par-tout des serviteurs fidèles.
A l'appui du secours qui vient le protéger,
On voit sortir bientôt ce coupable étranger.
Almasie en ces lieux qui secondoit sa mère
Le voit, accourt, l'embrasse & l'appelle son père.
Bientôt il se répand un bruit de toute part
Que ce prince étranger s'appelle Joasar;
Qu'il est venu chercher la reine en Phénicie,
Et qu'il est son époux, & père d'Almasie.

D

Ce prince, par le peuple alloit être fauvé,
Quand un fecours puiſſant de l'armée arrivé
Engageant le combat & chargeant tout de ſuite,
A tous les factieux a fait prendre la fuite.
Nous avons pris, ſeigneur, & préſervé des coups
La reine avec ſa fille & ſon premier époux.

PIGMALION.

Et Baléaſar. —

L'OFFICIER.

Ah ! ce héros intrépide,
A montré pour ſon roi le courage d'Alcide.
Au fort de la révolte un gros des factieux
Venoit pour attaquer ces reſpectables lieux ;
Baléaſar arrive, il frémit de colère.
« Sujets ingrats, dit-il, vous menacez mon père!
» Vous oſez aſſaillir la demeure d'un roi »!
Il attaque, il renverſe, il remplit tout d'effroi;
Et ſecondé bientôt par des guerriers fidèles,
Il diſperſe à l'inſtant ces inſolens rébelles.

PIGMALION.

A ces traits de valeur, à ces coups généreux
Je reconnois mon fils & ſon cœur vertueux.

L'OFFICIER.

Du fort des priſonniers, de celui de la reine,
Qu'ordonnez-vous, ſeigneur? faut-il qu'on les amène?

PIGMALION.

Qu'ils portent tous des fers & ſans diſtinction.

PHADAEL.

J'ai détruit par mes ſoins la conjuration.

Permettez que la reine & fa famille entière
Soit commife à ma garde & foit ma prifonnière;
Que je faffe venir Almafie en ces lieux ;
Que je puiffe la voir & lire dans fes yeux
Si fon ame orgueilleufe eft toujours auffi fière,
Si l'infortune abat fon humeur trop altière.

PIGMALION.

Je veux que vous foyez le maître de la voir.
Ayez fur tous les fiens un abfolu pouvoir.
Vous feul m'en répondrez.

PHADAEL.

Quelle grace infinie ?
Amenez devant moi cette jeûne Almafie.

L'OFFICIER.

Je vais vous obéir.

SCENE III.

PIGMALION, PHADAEL, ERNÈS.

PIGMALION.

EH bien, Baléafar
Devoit donc en ce jour délivrer Joafar. —
C'eft ainfi que trop prompts à chercher la vengeance
Nous aimons à flétrir quiconque nous offenfe ;
La paffion nous trompe & transforme à nos yeux
Les belles actions en forfaits odieux.
Baléafar, par vous taxé de perfidie
Avec le plus grand zèle a défendu ma vie.

D ij

Ce fils qui m'a sauvé d'un si pressant danger,
Quoi! faut-il donc le perdre afin de vous venger?
Ce prince est un héros, sa vie est précieuse.
Pardonnez : la vengeance est toujours odieuse.

PHADAEL.

Quoi! seigneur...

PIGMALION.

Je le veux ; c'est le bien de l'état,
Servez-le tous deux. Moi, je retourne au sénat.

SCENE IV.

PHADAEL, ERNÈS.

PHADAEL.

AINSI Baléasar va donc avoir sa grace.
Ce bonheur va sans doute augmenter son audace. —
Faut-il le laisser vivre & le voir mon vainqueur,
Lui céder Almasie : il a déjà son cœur. —
Te le dirai-je, Ernès, le dépit & la haine
Ont portés dans mon cœur leur fureur inhumaine :
Je suis plus que jamais & cruel & jaloux,
Cher ami, tu le peux, satisfais mon courroux.
Tu vois mon désespoir, tu vois ma jalousie,
Défais-moi de ce monstre, arrache-lui la vie.

ERNÈS.

Eh quoi! vous voudriez, seigneur, que de mes mains...

PHADAEL.

Eh bien, pour me venger trouve des assassins.

Sois actif, sois zélé, va, que rien ne te borne,
Répands l'or, il peut tout : flatte, promets, suborne,
Satisfais ma fureur.

ERNÈS.

Sur vous le désespoir
Avec trop de rigueur exerce son pouvoir.
Vous seriez mal vengé du prince & d'Almasie,
Seigneur, si votre gloire en étoit obscurcie.
La victoire lui donne un trop brillant éclat ;
Ne la ternissez pas par un assassinat.
Une femme sans foi, par ses sens dominée,
D'un héros comme vous doit être abandonnée.
Dans les horreurs du crime elle va se plonger,
Tyr va la mépriser, Tyr va donc vous venger.
Qui de ses ennemis veut punir les offenses
Et qui veut trop donner d'éclat à ses vengeances,
Sert leur haîne & les voit jouir de leurs forfaits,
Prouve son désespoir & les rend satisfaits :
Mais paroître insensible & mépriser l'outrage,
C'est mettre dans leur cœur & la honte & la rage.

PHADAEL.

Ernès, si mon rival sans grandeur & sans rang
Dans une source obscure avoit puisé son sang,
Le mépris deviendroit peut-être ma vengeance :
Mais avec mon égal rester dans le silence,
Ce seroit le céder à sa témérité,
Et d'un cœur abattu montrer la lâcheté.
Il faut à mon honneur un sanglant sacrifice,
Que je triomphe enfin, que mon rival périsse ;
Que celle qui me rend furieux, inhumain,
Soit témoin de sa mort & me donne la main.

Si je prétends la voir à mon rang élevée,
Je prétends la tenir fous mon joug captivée,
La punir d'avoir mis la rage dans mon cœur,
Jouir de fes tourmens, en charmer ma fureur. —
Dis-moi ce que je peux attendre de ton zèle;
Vois fi tu veux fervir ma vengeance cruelle:
Si ton prince outragé ne touche pas ton cœur,
Va, je faurai trouver un autre ferviteur.

E R N È S.

Vous le voulez, feigneur, je vais vous fatisfaire.

S C E N E V.

P H A D A E L, *feul.*

JE ferai donc vengé de ce perfide frère.
Peut-être qu'Almafie à la fin fans efpoir
Connoîtra fon erreur ainfi que fon devoir. —
Si je ne peux régner fur fon ame inhumaine
A l'amour rebuté doit fuccéder la haîne.
Je fuis né violent, & les plus grands excès
Du cruel défefpoir font fouvent les effets.
Elle vient ; que lui dire — ah ! quand je vois fes charmes
Je fuis toujours trop prompt à lui rendre les armes.

S C E N E VI.

P H A D A E L, A L M A S I E.

P H A D A E L.

MADAME, enfin mon cœur laffé de vos mépris
A banni cet amour dont il étoit épris.

N'attendez plus de moi des soupirs, des tendresses,
Vous m'avez su guérir de toutes ces foiblesses :
Ces folles voluptés ne sont plus de saison,
Et l'amour exilé rappelle la raison.
Vos yeux ont trop long-tems dominé sur mon ame,
Un autre sentiment la maîtrise & l'enflamme :
Vous osez m'offenser, vous osez m'outrager,
Dégagé de vos fers je prétends me venger ;
Je prétends exercer un pouvoir légitime,
Vous empêcher enfin de vivre dans le crime.

ALMASIE.

Seigneur, un tel discours a de quoi m'étonner :
Si je ne l'entends pas daignez me pardonner.

PHADAEL.

En vain vous prétendez affecter l'ignorance ;
Malgré votre devoir &, malgré ma défense,
Avec Baléafar toujours on vous surprend.

ALMASIE.

Et qui vous a sur moi donné cet ascendant ?
J'ai déjà pris le soin, je crois, de vous le dire,
L'hymen ne m'a pas mise encor sous votre empire.

PHADAEL.

L'esclavage devroit abaisser la fierté.
Doit perdre son orgueil qui perd sa liberté.
Votre sort maintenant est en ma dépendance,
Et j'ai sur vos parens une même puissance.

ALMASIE.

Les miens portent vos fers ! — O parens malheureux !
Souffrirez-vous pour moi des tourmens rigoureux ?

J'aurai donc sous vos pas creusé le précipice ,
Et j'aurai donc enfin causé votre supplice.
A des coups si cruels je ne puis résister ; —
Prendrez-vous donc plaisir à les persécuter ?
La reine désiroit qu'à vous je fus unie,
Quand mes funestes pleurs ont vaincu son envie.
C'est ainsi que j'ai seule osé vous outrager ;
Ah ! de moi seule aussi vous devez vous venger.
Faites-moi donc périr puisque je suis coupable :
Mais conservez un sang , plus cher , plus respectable.
Immolez-moi , seigneur, & vengez vos amours :
Mais sachez respecter les auteurs de mes jours. —
Ah ! daignez à ce prix me promettre leur grace ,
Et de mon sang coupable arrosez cette place.
Sans peines , sans regrets, je subirai mon sort ,
Et je vous devrai tout en recevant la mort.

PHADAEL.

Madame, levez-vous & bannissez des larmes ,
Qui fatiguent vos yeux en augmentant leurs charmes.
Ils n'ont déjà que trop de pouvoir sur les cœurs,
Et le mien ne peut plus résister à vos pleurs.
Vous voyez si j'aurois assez de barbarie
Pour vous sacrifier, pour vous ôter la vie.
Moi, vous donner la mort ! — Vous me faites frémir ,
A cette horreur ma main pourroit-elle servir ? —
Malgré tous vos mépris, ah ! vous m'êtes trop chère !
Sauvez plutôt les jours d'un père & d'une mère,
Qui par leurs attentats ont mérité la mort,
Ils dépendent de vous, décidez de leur sort.

ALMASIE.

Seigneur, que faut-il faire ?

PHADAEL.

Il faut, belle Almasie,
Accepter en ce jour un rang digne d'envie,
Affurer vos deftins, affurer mon bonheur,
Ceffer de me haïr.

ALMASIE.

Moi, vous haïr, feigneur!
Et quand vous me comblez. — Ah! tant de bienfaisance
Mérite le tribut de la reconnoiffance.

PHADAEL.

Malgré que mon bonheur foit toujours incertain,
Je fens renaître un feu, fans doute mal éteint,
Et je ne peux vous voir ces marques d'efclavage.
A vos jeunes attraits des chaînes font outrage. —

(*Il lui ôte fes chaînes.*)

Je vais de vos parens brifer les fers cruels,
Si fenfible à mes feux vous venez aux autels
Affurer de mes jours l'heureufe deftinée,
Par les nœuds fortunés du plus bel hyménée. —
Mais quoi! vous gémiffez ? fans doute que ces pleurs
De vos cruels refus font les avant-coureurs.

ALMASIE.

Moi, je refuferois des nœuds dignes d'envie,
De racheter le fang qui m'a donné la vie. —
Ah! je vous en conjure, au temple menez-moi,
Et vous y recevrez mes fermens & ma foi.

PHADAEL.

Madame, vous allez combler ma deſtinée ;
Et pour voir célébrer notre auguſte hyménée,
Je m'en vais ordonner en ces heureux inſtans
De mon bonheur futur les apprêts éclatans.

SCENE VII.

ALMASIE.

IL eſt donc décidé cet hymen redoutable ,
Je m'en vais à l'autel, victime déplorable,
Accepter un époux de mon cœur abhorré ,
Et mettre au déſeſpoir un amant adoré. —
Faut-il à cet excès lui devenir ingrate,
Pour calmer un lion que ma main ſeule flatte. —
Ah ! rival tyrannique & né pour les forfaits ,
Peux-tu mettre ce prix à tes cruels bienfaits !
Peux-tu vouloir de moi cet affreux ſacrifice ,
Me faire racheter mon ſang par mon ſupplice !
Va faire préparer cette fête d'horreur ;
Aſſemble à ton autel le trouble & la terreur ;
Monſtre, fais préſider à ta noce barbare
Les noires déités du ténébreux Tartare.
N'eſpère pas d'y voir les Ris & les Amours,
Tu les vas de mon cœur exiler pour toujours. —
Juſte ciel! je frémis. — Qu'ai-je fait, malheureuſe !
Qu'ai-je donc accordé ? — quelle promeſſe affreuſe ! —
Ai-je donc oublié mon amour & ma foi ? —
Ah ! cher Baléaſar que direz-vous de moi ! —
Quel fantôme ! c'eſt lui — dieux! quelle eſt ſa furie !
Il s'arme d'un poignard, il attente à ſa vie.

Il paroît indigné de mes iniquités ;
Il me fuit à l'autel, il marche à mes côtés ;
Il arrive, il frémit ; fa rage éclate, il tonne ;
Il remplit tout d'effroi, tout tremble, tout s'étonne ;
On s'emporte foudain — quel peuple de Tyrans !
Je vois dans tous les yeux des feux étincelans :
On s'acharne, & bientôt la vengeance & la rage
Couvrent l'autel facré de fang & de carnage.
Les cris les plus perçans s'élèvent dans les airs,
Les dieux font irrités & l'on voit les éclairs.
Ils vont venger leur culte, ils vont lancer la foudre,
Et le temple bientôt fera réduit en poudre. —
Ah ! veillez fur les miens, dieux ! dans ces coups affreux,
Epargnez un amant fidèle & malheureux ;
S'il faut pour vous calmer une trifte victime,
Frappez fur moi ; je fuis la caufe de fon crime. —
Où s'égarent mes fens — pourquoi ce cher amant
Porteroit-il fi loin fon vif reffentiment !
Ah ! plus qu'à moi, fans doute, il fe doit à lui-même ;
Je ne mérite plus que fon mépris extrême.
Je fuis une perfide & je vais l'outrager.
Devra-t-il de mon fort feulement s'affliger !
Mon amour auroit dû m'infpirer du courage ;
M'armer contre fon frère au mépris de fa rage. —
Mais en bravant ainfi fon terrible pouvoir,
J'aurois perdu les miens. — J'ai rempli mon devoir.
Je dois les délivrer de leurs mortelles peines,
Et je dois à tout prix faire tomber leurs chaînes.
Si j'offenfe un amant, fi j'ofe le trahir,
Ah ! je peux le venger & je dois m'en punir.

Fin du quatrième Acte.

ACTE V.

SCENE PREMIERE.

PHADAEL, ERNÈS.

ERNÈS.

C'EST fait de votre frère, il paiera de sa vie
L'amour qu'il a conçu pour la belle Almafie.
On doit pour vous venger se servir du poison,
Et bientôt il mourra des mains d'un échanfon.

PHADAEL.

Quoi! feroit-ce Fhanor?..

ERNÈS.

Oui, feigneur, vos largeffes,
L'efpoir de votre appui, mille & mille promeffes
Ont féduit de fon cœur l'extrême ambition.
Il va tout immoler à votre paffion.
Les plus rares mortels, les plus grandes victimes,
Les hautes trahifons, enfin, les plus grands crimes,
Rien ne coûte en ce monde à des ambitieux.
Pour les rangs & les biens ils trahiroient les dieux:
Avant que le foleil ait fini fa carrière,
Phanor, au fils d'un roi ravira la lumière.

PHADAEL.

Ce grand zèle me plaît. Fidèle ferviteur,
L'efpoir d'être vengé rend le calme à mon cœur.

Tels font les grands effets que produit la vengeance,
Elle femble emporter la douleur de l'offenfe,
D'une fecrette joie elle remplit le cœur :
La colère s'éteint dès que l'on eft vainqueur.
Mais Ernès, fi je veux que Phadael périffe,
C'eft un fecret qu'il faut que l'on enféveliffe;
Et pour en impofer je prétends aujourd'hui
Publier fa valeur, paroître fon appui;
Exalter en tous lieux cette vertu folide
Que croit voir en fon cœur un vulgaire ftupide.

E R N È S.

Il paroît.

P H A D A E L

Laiffe-nous.

S C E N E   I I.

P H A D A E L,   B A L É A S A R.

B A L É A S A R.

Le Roi donc en vos mains
D'une famille illuftre a remis les deftins ;
Oppreffeur, inhumain de la jeune Almafie,
Vous pouvez fatisfaire à votre jaloufie;
Vous pouvez vous venger de fon cœur vertueux,
L'accabler d'un pouvoir injufte & rigoureux.
Si je croyois votre ame affez dure & fauvage,
Pour abufer ainfi de fon trifte efclavage;
Je pourrois cependant...

P H A D A E L

Quels tranfports ! quels difcours !
De ces traits offenfans uferez-vous toujours ?

Un vulgaire grossier peut se plaire aux injures :
Mais les princes sont faits pour garder des mesures,
Les peuples attentifs sont à les observer :
Et pour en imposer il faut se captiver. —
Ah ! mon frère étouffons de honteuses querelles
Qui ne pourroient avoir que des suites cruelles.
Je ne mérite pas vos traits injurieux.
Apprenez qu'Almasie est libre dans ces lieux ;
Que loin de l'accabler d'une fureur jalouse,
Que loin de l'opprimer aujourd'hui je l'épouse.

BALÉASAR.

Vous appellez cela ne la pas opprimer ?...

PHADAEL.

Oui, c'est avec excès l'honorer & l'aimer ;
C'est vouloir assurer le bonheur de sa vie.
N'allez pas présumer que par la tyrannie,
Je prétende en ce jour décider son destin :
On me verroit plutôt renoncer à sa main.
Je haïrois des nœuds qui pourroient lui déplaire :
Mais le don de sa main n'est qu'un don volontaire.
Eh quoi ! vous paroissez étrangement surpris !

BALÉASAR.

Ah ! j'en rougis pour elle & pour moi j'en frémis.

PHADAEL.

Pensiez-vous être seul capable de lui plaire ?
Devoit-elle à mes feux être toujours contraire ?
Refuser constamment les plus rares bienfaits,
Une haute fortune, le sort que je lui fais ?

A cet heureux retour on dut toujours s'attendre ;
La raison le vouloit, elle devoit s'y rendre.
De ce grand changement, ceſſez d'être abattu ;
Se rendre à la raiſon c'eſt ſuivre la vertu.
Admirez Almaſie, imitez ſa belle ame,
Banniſſez pour toujours une inutile flamme.
Si cet aimable objet a touché votre cœur,
Devez-vous murmurer en voyant ſon bonheur.
Il eſt beau d'immoler à l'objet que l'on aime
Ce qu'on a de plus cher, ſa félicité même.
Votre grand cœur eſt fait pour de tels ſentimens,
Et non pour ſe livrer à des reſſentimens.
Le ſang qui tous les deux nous unit, nous enchaîne,
Doit détruire entre nous, & l'envie & la haîne.
Aimons donc des liens, & ſi chers & ſi doux.
Ah ! mon frère, en ce jour au temple ſuivez nous ;
Venez par un retour légitime & ſincère
Me jurer pour toujours une amitié de frère.
Les mortels aſſiégés par mille maux divers,
Toujours aſſujettis, toujours chargés de fers,
Expoſés en ce monde aux douleurs, aux allarmes
Ont la tendre amitié pour eſſuyer leurs larmes.
Elle ſeule devroit dominer ſur leurs cœurs ;
Hercule & Philoctète ont goûté ſes douceurs ;
D'Oreſte elle a calmé mille fois les allarmes :
Elle fait des heureux : livrons-nous à ſes charmes ?

BALÉASAR.

J'admire en vous, ſeigneur, ce changement ſubit,
Je ne l'attendois pas & j'en ſuis interdit.

PHADAEL.

Dans les premiers momens d'une ſurpriſe extrême,
Je crois devoir ici vous laiſſer à vous-même.

Je vous quitte & j'attends ces inftans trop heureux,
Qui de notre amitié vont refferrer les nœuds.

S C E N E   III.

B A L É A S A R,   *feul.*

ETRANGE événement! myftère impénétrable! —
Croirai-je qu'aujourd'hui ce rival implacable
Veuille fincèrement fe réconcilier. —
Croirai-je qu'Almafie ardente à m'oublier
Aux vœux de Phadael cède avec complaifance. —
Ah! fes revers, peut-être, ont laffés fa conftance.
Dans les chagrins l'amour peut trouver fon tombeau,
Et fouvent les malheurs éteignent fon flambeau. —
Comment falloit-il donc fervir cette cruelle?
Que falloit-il encor facrifier pour elle?
Sourd à la voix du fang j'en ai trahi la loi,
J'ai bravé pour lui plaire & mon frère & mon roi;
Mes amis, par mes mains armés pour la défendre
Sont raffemblés ici, prêts à tout entreprendre;
Ils font prêts d'affaillir la prifon, ce palais;
De fe porter pour elle aux plus affreux excès. —
Vous m'avez donc perdu, trop ingrate Almafie,
Et mon partage eft donc la honte & l'infamie!
Ah! qui donne fur foi trop d'empire à l'amour,
Puni de fa foibleffe en doit rougir un jour. —
Mais je crois que c'eft elle. — Oui, c'eft cette parjure.

SCENE IV.

BALÉASAR, ALMASIE.

BALÉASAR.

CRUELLE, à mon amour vous faites donc injure !
Et par un changement barbare & criminel,
Vous allez donc, ingrate, épouser Phadael. —
Je m'éloignois de Tyr, & du moins mon absence
M'épargnoit le tourment de voir votre inconstance:
Vous voulez à mes yeux, ô cœur trop inhumain !
Donner à mon rival votre perfide main.

ALMASIE.

C'est vous qui m'y forcez.

BALÉASAR.

Dites plutôt, ingrate,
Que je suis malheureux, & qu'un beau rang vous flatte:
C'est ainsi qu'on outrage & qu'on fuit aisément
Tous ceux que l'infortune accable constamment :
On donne sa tendresse, & l'on revient sans peine
A ceux dont la fortune est brillante & certaine.

ALMASIE.

Si l'espoir d'être reine avoit pu me flatter,
J'aurois pu, je le crois, ne te pas écouter.
J'aurois fui tes regards, j'aurois fui la tendresse :
Les cœurs ambitieux n'ont pas cette foiblesse.
Ton frère auroit charmé ma vaste ambition;
J'aurois su de son cœur flatter la passion.

E

Ai-je paru jamais fenfible à fon hommage?
Pourquoi me fais-tu donc un fi fanglant outrage?—
Ingrat! lorfque pour toi j'ai tout facrifié,
Qu'as-tu donc fait pour moi? n'as-tu pas oublié
Que l'amour fe connoît à l'ardeur la plus vive?
Que j'étois opprimée & que j'étois captive;
Que ma famille étoit en danger de périr;
Qu'il falloit nous venger, nous fauver ou mourir. —
Je délivre en ce jour & mon père & ma mère;
Je fais ingrat, je fais ce que tu devois faire.

BALÉASAR.

Oui, je mériterois vos mépris, vos rigueurs,
Si, fans vous en venger, je voyois vos malheurs.
Me croyez-vous fans foi, fans tendreffe, fans zèle?
Me croyez-vous une ame infenfible & cruelle?—
Craindrois-je d'éclater, de faire des efforts,
Moi, qui vais, s'il le faut, affronter mille morts?
Moi, qui pour vous venger voudrois être un tonnerre,
Moi, qui voudrois pour vous, bouleverfer la terre.
J'ai des bras éprouvés à l'entour de ces lieux:
Il ne faut qu'un fignal, & nos coups furieux
Feront voir fi je fuis ardent à vous défendre:
Je mettrai, s'il le faut, la Phénicie en cendre. —
Mais, vain projet, fans doute, inutile fecours;
Je ne le vois que trop, je vous perds pour toujours.

ALMASIE.

Ah! cher Baléafar, à tort je vous accufe,
Par votre zèle ardent vous me rendez confufe.
Ne foyez pas bleffé d'outrages indifcrets;
Ils font du défefpoir les malheureux effets:

Ne vous expofez pas ; hélas ! laiffez-moi faire,
Je vais fauver les miens & finir ma misère.
Que je n'emporte pas le tourment rigoureux
D'avoir facrifié l'objet de tous mes vœux.
Prince, fi vous m'aimez, demeurez à la vie.
Ah ! vivez pour penfer à la trifte Almafie

BALÉASAR.

Je vis pour vous, fans doute, & je veux le prouver ;
Il en eft encor tems, je vais vous délivrer.

SCENE V.

ALMASIE, *feule.*

Arrêtez — il me fuit — fa fuite eft mon ouvrage —
Je l'excite & je veux arrêter fon courage.—
Je cherche à l'enchaîner lorfque j'arme fon bras.—
Ah ! j'attends tout de lui : mais je crains fon trépas
Malgré la dure loi que le devoir m'impofe,
Je frémis du danger où fon amour l'expofe.—
Tous mes fens font glacés.

SCENE VI.

ALMASIE, PHADAEL.

PHADAEL.

ON n'attend plus que vous,
Et tout eft préparé pour l'hymen le plus doux.
A la face des dieux, venez, belle Almafie,
Former en ce beau jour des nœuds dignes d'envie.

ALMASIE.

Je meurs — feigneur, je vais — où vais-je ? — ah ! quels
inftans ! —

PHADAEL.

Vous foupirez — que vois-je ? & qu'eft-ce que j'entends ? —
Quel bruit — vous pâliffez...

SCENE VII.

ALMASIE, PHADAEL, ERNÈS.

ERNÈS.

TOUT eft dans les allarmes,
Seigneur, de tous côtés on a recours aux armes :
Votre frère lui-même attaque ce palais.

PHADAEL.

C'eft à moi de punir fes infolens excès. —
        (*A part.*)
Il devroit être mort. Trompercit-on ma haine ?

SCENE VIII.

ALMASIE.

QUEL effroi ! quelle horreur ! ô fureur inhumaine !
Ces deux frères bientôt, dans ce combat affreux,
Vont de leur propre sang se couvrir tous les deux. —
Ce palais retentit d'échos épouvantables :
On entend des mourans les plaintes lamentables;
De toutes parts on voit des soldats effrénés,
Transportés de fureur, au massacre acharnés,
Farouches meurtriers tous fumans de carnage,
Tout inonder de sang, tout remplir de leur rage.
Des instrumens de Mars, les concerts effrayans,
S'unissent dans les airs à mille cris perçans.
Le démon des combats exerce sa furie,
On voit par-tout la mort, l'horreur, la barbarie. —
Faut-il donc qu'en ce jour ces mortels inhumains
Périssent dans ces murs, & par leurs propres mains? —
Dieux! arrachez le fer de leurs mains sanguinaires;
Remplissez de terreur tous ces cœurs téméraires.
Sauvez de ces périls, Astarbé, Joasar,
Et daignez conserver mon cher Baléasar. —
Que vois-je? — tout mon sang se glace dans mes veines!
Baléasar est pris; je le vois dans les chaînes. —
Jour terrible pour moi, jour de sang, jour affreux,
Où je rends à jamais mon amant malheureux,
Où je vois sous mes pas s'entr'ouvrir mille abîmes. —
Quai-je donc fait aux dieux?& quels sont donc mes crimes?

SCENE IX.

ALMASIE, BALÉASAR, GARDES.

ALMASIE.

Mon cher Baléasar ! quoi! je fais ton malheur :
Ah ! je veux à tes yeux expirer de douleur.

BALÉASAR.

Accablé comme vous des plus cruelles peines,
Mon unique tourment est de vous voir des chaînes.
Quoi! je n'ai pu les rompre — ô fort capricieux!
Nous paroissions devoir être victorieux.—
Déjà des conjurés les vaillantes cohortes
Avoient de la prison brisé toutes les portes;
Astarbé, secondant nos efforts & nos coups,
Accouroit au palais, ainsi que son époux;
Les gardes effrayés paroissoient sans défense ;
Nul d'eux n'osoi encor tenter la résistance,
Quand ces guerriers près d'eux appercevant le roi,
Honteux de leur terreur surent bannir l'effroi.
La honte dans leur cœur semble imprimer la rage,
En lions furieux ils courent au carnage ;
La terre est à l'instant couverte de mourans,
De peuples massacrés, de soldats expirans :
Mille cris élancés semblent fendre les nues,
Et la terre & les eaux en paroissent émues.
Les voûtes du palais, qui semblent s'ébranler,
Sur tous les combattans menacent d'écrouler.
Rien ne peut arrêter la rage & la furie,
Le carnage paroît nourrir la barbarie.

Nos braves conjurés font les plus grands efforts,
Et vainqueurs & vaincus, sur des monceaux de morts,
Ils disputent long-tems la déplorable gloire,
L'honneur de remporter une affreuse victoire :
Mais mon frère, suivi de nouveaux combattans,
Rend de nos défenseurs les efforts impuissans,
Et la force l'emporte enfin sur le courage ;
Nous plions, je suis pris ; Aftarbé se dégage.
J'ai vu de loin, j'ai vu son extrême valeur
Rallier nos amis, ranimer leur ardeur ;
Faire avec Joasar une belle défense,
Résister & tenir la victoire en balance.
Je ne sais quel parti sera victorieux,
On m'a dans le moment amené dans ces lieux.

A L M A S I E.

Ma mère – ah ! quels dangers – n'écoutons que mon zèle :
Voyons-la triompher, ou mourons avec elle. (*Elle sort.*)

S C E N E X.

LÉASAR, GARDES.

BALÉASAR.

Voulez-vous donc périr ? – Elle fuit, quel transport !
On va la massacrer — j'aurai causé sa mort ! —
Falloit-il donc encor que je reste à la vie,
Pour causer à l'instant la perte d'Almasie !

SCENE XI.

BALÉASAR, ORAD, GARDES, PEUPLES.

ORAD, *(aux gardes.)*

Gardes, brifez les fers que porte votre roi.
Peuples, voici celui qui doit donner la loi.

BALÉASAR.

Par quel événement favorable ou contraire...

ORAD.

Les dieux vous font régner.

BALÉASAR.

Quoi, le roi, quoi, mon frère...

ORAD.

Seigneur, ils ne font plus. A peine on vous eut pris
Qu'Aftarbé rallia vos courageux amis. —
Elle attaque, tout cède; elle s'ouvre un paffage,
Elle approche du roi. Sa colère & fa rage
Font redouter à tous fes tranfports effrayans;
Elle lance fur lui fes regards foudroyans.
De vingt coups de poignard frappés avec furie,
Elle jette ce prince à fes pieds & fans vie.
Phadael voit la reine, & de fang tout trempé,
Il s'élance vers elle; il frappe, il eft frappé;
Ils fuccombent tous deux : la reine eft expirante.
Votre frère m'appelle, & d'une voix mourante,
« Profite, me dit-il, de ces triftes inftans,
» Vole auprès de mon frère, & s'il eft encor tems,

» Qu'on arrête Phanor. Ce scélérat, ce traître
» Devoit pour me venger empoisonner son maître.
» Cours , sauve du trépas & mon frère & ton roi :
» S'il se peut qu'il oublie un monstre comme moi».
A peine achevoit-il, que, perdant la lumière,
Il ferma pour toujours sa mourante paupière.

BALÉASAR.

Grands dieux! en est-ce assez! êtes-vous satisfaits?
Mon sang est-il souillé par d'assez grands forfaits! —
Apprends-moi si je dois me conserver la vie :
Les dieux ont-ils veillé sur les jours d'Almasie ?

ORAD.

Elle est avec son père, & donne des secours
A la triste Astarbé qui termine ses jours.

BALÉASAR.

Volons vers ce que j'aime. Ah! je vivrai pour elle. —
Eh quoi! Que vais-je apprendre ?.

SCENE XII.

BALÉASAR, ORAD, UN OFFICIER,

GARDES, PEUPLES.

L'OFFICIER.

O fureur criminelle!
Phanor favoit déjà que fon affreux projet ,
Pour le bonheur de Tyr, n'étoit plus un fecret.
Lui-même s'eft puni. Ce traître abominable
A plongé le poignard dans fon cœur exécrable.
On a trouvé, feigneur, à l'inftant le poifon
Que vouloit vous donner ce perfide échanfon.

BALÉASAR.

Grands dieux ! qui des méchans confondez la prudence,
J'admire les décrets de votre providence.

Fin du cinquième & dernier Acte.

APPROBATION.

J'AI lu, par ordre de Monseigneur le Chancelier, une Tragédie intitulée : *Baléasar*; & je n'y ai rien trouvé qui puisse en empêcher l'impression. A PARIS, ce 12 Octobre 1771.

D'HERMILLY.

PRIVILEGE DU ROI.

LOUIS, PAR LA GRACE DE DIEU, ROI DE FRANCE ET DE NAVARRE : A nos amés & féaux Conseillers, les gens tenant nos Cours de Parlement, Maîtres des Requêtes ordinaires de notre Hôtel, Grand Conseil, Prévôt de Paris, Baillifs, Sénéchaux, leurs Lieutenans Civils, & autres nos Justiciers qu'il appartiendra. SALUT : notre amé le Sieur PELLETIER, nous a fait exposer qu'il desireroit faire imprimer & donner au public une *Tragédie* de sa composition intitulée : *Baléasar*, s'il nous plaisoit lui accorder nos Lettres de Permission pour ce nécessaires. A CES CAUSES, voulant favorablement traiter l'exposant, Nous lui avons permis & permettons par ces présentes, de faire imprimer ledit ouvrage autant de fois que bon lui semblera, & de le faire vendre & débiter par tout notre Royaume pendant le temps de trois années consécutives, à commencer du jour de la date des présentes. FAISONS défenses à tous Imprimeurs, Libraires & autres personnes, de quelque qualité & conditions qu'elles soient, d'en introduire d'impression étrangere dans aucun lieu de notre obéissance. A la charge que ces Présentes seront enregistrées tout au long sur le registre de la Communauté des Imprimeurs & Libraires de Paris, dans trois mois de la date d'icelles ; que l'impression dudit ouvrage sera faite dans notre Royaume & non ailleurs, en beau papier & beaux caractères; que l'impétrant se conformera en tout aux Réglemens de la Librairie, & notamment à celui du 10 Avril 1725, à peine de déchéance de la présente permission ; qu'avant de l'expofer en vente, le manufcrit qui aura fervi de copie à l'impreffion dudit ouvrage, fera remis dans le même état où l'approbation y aura été donnée, ès mains de notre très-cher & féal Chevalier, Chancelier, Garde des Sceaux de France, le fieur DE MAUPEOU; qu'il en fera enfuite remis deux exemplaires dans notre bibliothèque publique, un dans celle de notre Château du Louvre, un dans celle dudit fieur DE MAUPEOU; le tout à peine de nullité des préfentes. Du contenu defquelles vous mandons & enjoignons de faire jouir ledit Expofant & fes ayans caufes, pleinement & paifiblement, fans fouffrir qu'il leur foit fait aucun trouble ou empêchement. VOULONS qu'à la copie des Préfentes, qui fera imprimée tout au long au commencement ou à la fin dudit ouvrage, foi foit ajoutée comme à l'original. Commandons au premier notre Huiffier ou Sergent fur ce requis, de faire pour l'exécution d'icelles tous actes requis & néceffaires, fans demander autre permiffion, & nonobftant clameur de haro, charte Normande & Lettres à ce contraire : car tel eft notre plaifir. DONNÉ à COMPIEGNE le feptième jour du mois d'Août l'an mil fept cent foixante-onze, & de notre regne le cinquante - fixieme. Par le Roi en fon Confeil. *Signé*, LEBEGUE.

Regiftré fur le Regiftre XVIII *de la Chambre Royale &* *Syndicale des Libraires & Imprimeurs de Paris*, N°. 1690, *fol.* 531, *conformément au Réglement de 1723, qui fait défenfes. art.* 41, *à toutes perfonnes, de quelque qualité & condition qu'elles foient, autres que les Libraires & Imprimeurs, de vendre, débiter, faire afficher aucuns Livres pour les vendre en leurs noms, foit qu'ils s'en difent les Auteurs ou autrement, & à la charge de fournir à la fufdite Chambre neuf exemplaires prefcrits par l'article* 108 *du même Réglement. A Paris, ce* 19 *Septembre* 1771.

Signé, J. HERISSANT, *Syndic.*

248